H.P. LOVECRAFT

CUENTOS DE HORROR CONTADOS PARA NIÑOS

Adaptación: Lito Ferrán
Ilustraciones: Fernando Martínez Ruppel

EDICIONES **Lea**

CUENTOS DE HORROR
CONTADOS PARA NIÑOS
es editado por
EDICIONES LEA S.A.
Av. Dorrego 330 C1414CJQ
Ciudad de Buenos Aires, Argentina.
E–mail: info@edicioneslea.com
Web: www.edicioneslea.com

ISBN 978-987-718-447-1

Primera edición. Impreso en Argentina.
Noviembre de 2016. Pausa Impresores.

Lovecraft, Howard Phillip
    Cuentos de horror contados para niños / Howard Phillip Lovecraft ; adaptado por Lito Ferrán
    ; ilustrado por Fernando Martínez Ruppel. - 1a ed . - Ciudad Autónoma de Buenos Aires :
    Ediciones Lea, 2016.
    64 p. : il. ; 24 x 17 cm. - (La brújula y la veleta ; 20)

    ISBN 978-987-718-447-1

    1. Cuentos de Terror. I. Ferrán, Lito, adap. II. Martínez Ruppel, Fernando, ilus. III. Título.
    CDD 863.9282

¡Qué miedo!

El escritor estadounidense Howard Phillips Lovecraft está considerado como el maestro de la literatura de horror. Imaginó que unos extrañísimos y horribles seres, los Grandes Antiguos, llegaron a nuestro planeta mucho antes de la aparición del primer ser humano y aún hoy permanecen dormidos esperando el momento oportuno para aterrorizarnos y tomar el dominio de la Tierra. Combinó elementos de la ciencia ficción y de las narraciones de terror, para crear personajes y mundos únicos, donde siempre el miedo está presente.

En este libro encontrarás cuatro cuentos que, esperamos, te animes a leer:

El llamado de Cthulhu: un estudioso descubre cosas que es mejor no conocer. Parece que los Grandes Antiguos han decidido volver y su guardián, Cthulhu, se dedica a aterrorizar a los desdichados hombres que lo despiertan.

Sueños en la Casa de la Bruja: ¿por qué un joven estudiante se empeña en vivir en una casa con muy mala fama, con ruidos que asustan y seres fantasmales que aparecen de improviso? La respuesta no es sencilla.

El extraño: el cruel destino de alguien que se cree similar a los demás y su espantoso descubrimiento.

El pantano de la luna: nada peor que obstinarse en destruir un pantano donde a la noche ocurren cosas inexplicables. El pobre Denys Barry lo descubrirá muy tarde.

Te recomendamos leer estas historias de día, lejos de la oscuridad y con espíritu valiente.
Estás advertido.

El llamado de Cthulhu

En el invierno de 1926-1927, a los 92 años murió mi tío abuelo, George Angell, que había sido profesor de lenguas semíticas de la Universidad. Angell era una autoridad reconocida en todo lo referente a inscripciones antiguas, asesorando a los conservadores de los más destacados museos del país y el mundo. Las extrañas causas de su muerte intrigaron a muchos. El profesor, según declararon testigos, tuvo un fatal accidente luego de ser empujado por un marinero negro en los muelles. Los médicos –quienes no fueron capaces de encontrar una anomalía de tipo orgánico– llegaron a la conclusión de que la muerte había sido causada por una lesión del corazón, producida por el ascenso excesivo veloz de una cuesta demasiado empinada cercana a los muelles, fatal para un hombre de tantos años. Entonces no vislumbré ningún motivo para poner en duda ese diagnóstico, pero actualmente tengo muchas dudas, a decir verdad, algo más que simples dudas.

Al ser el único heredero de mi tío abuelo, que era viudo y no había tenido hijos, cualquiera entenderá que yo revisara sus papeles con mucha atención. Para ello trasladé sus archivos a mi domicilio de Boston. El material que me dediqué a ordenar será publicado en su mayoría por la Sociedad Estadounidense de Arqueología, pero había entre las pertenencias del profesor una caja que me resultó extraña, por lo que no me animé a mostrarla a otras personas. En su interior hallé un bajorrelieve de arcilla muy raro, además de algunas notas, fragmentos y recortes de viejos periódicos sobre temas que, podríamos decir, entraban en el ámbito de lo esotérico y las más alocadas supersticiones. Me intrigó quién sería el autor de la escultura de arcilla, y decidí averiguarlo. Ésta era un rectángulo de unos dos centímetros de espesor y de unos treinta o cuarenta centímetros cuadrados de superficie. Si bien parecía una obra moderna, los dibujos grabados en ella no eran en absoluto propios de tiempos recientes. En su mayoría parecía constituir definitivamente alguna variedad de lenguaje escrito. Pese a la familiaridad que yo tenía con los papeles y las colecciones de mi tío, me fue imposible identificar aquella lengua.

Sobre esos supuestos jeroglíficos había una figura de una criatura monstruosa o el símbolo de algún monstruo, o una forma que sólo una mente enloquecida hubiera podido imaginar. Mi imaginación me llevó a pensar que era la representación de un pulpo, un dragón y la caricatura de un ser humano, todo junto. Sobre un cuerpo escamoso con unas alas rudimentarias, se erguía una cabeza pulposa y coronada por tentáculos. Sin embargo, era el aspecto general lo que volvía más singularmente espantosa esa imagen, y detrás de ella se podía distinguir una arquitectura colosal.

Las anotaciones que acompañaban al bajorrelieve, además de ciertos recortes de periódicos, habían sido escritas por mi tío. El documento que parecía más importante estaba titulado como "El culto de Cthulhu". El manuscrito constaba de dos partes, la primera era "1925. Sueño y obra onírica de H. A. Wilcox, Calle Thomas 7, Providence, R.I.", y la segunda "Informe del inspector John R. Legrasse. Calle Bienville 121, Nueva Orleáns, a a Sociedad Estadounidense de Arqueología, 1928. Notas de éste y del Prof. Webb". Las demás anotaciones eran narraciones de sueños extraños de diversas personas, todas muy cortas, y citas de libros y revistas sobre temas esotéricos. También había comentarios acerca de la supervivencia de sociedades y cultos secretos, y referencias a partes de tratados mitológicos como el famoso *Necronomicón*.

La primera sección del manuscrito principal contaba algo muy especial. Según parece, el primer día de marzo de 1925 un hombre joven, de apariencia neurótica y víctima de una gran excitación, había visitado al profesor Angell llevándole el extraño bajorrelieve de arcilla, que aún se hallaba fresco y húmedo. Se trataba de Henry Anthony Wilcox; el hijo menor de una familia muy conocida. Wilcox, estudiante de dibujo, era un muchacho de gran talento, pero que tenía un temperamento muy extravagante. Desde niño había tenido sueños extraños que relataba detalladamente. No tenía amigos y eran muchos los que lo consideraban un individuo muy raro. Esta fue la persona que solicitó la ayuda de mi tío para identificar los jeroglíficos de la escultura que no podía descifrar y que había trazado mientras soñaba con extrañas ciudades de arquitecturas imposibles. Esto interesó al profesor, ya que la noche anterior la región había sufrido un ligero temblor de tierra, lo que supuso había alterado la viva imaginación de Wilcox, quien ya en su cama había visto en sueños unas ciudades colosales construidas con inmensas rocas y gigantescos monolitos de aspecto siniestro, que transpiraban un barro verdoso. Las paredes estaban completamente cubiertas de jeroglíficos y de las profundidades llegaba una voz que no era tal, en realidad, era más bien una sensación, una que solo la fantasía podía comprender, algo que podría traducirse como "Cthulhu fhtagn".

Esas palabras perturbaron al profesor, quien interrogó al escultor con el mayor cuidado y estudió frenéticamente ese bajorrelieve que había esculpido en sueños. La mayoría de las preguntas le parecieron a Wilcox bastante extrañas, especialmente las que relacionaban la escultura con sociedades y cultos secretos. Cuando mi pariente se dio cuenta de que el muchacho ignoraba por completo esos temas, le pidió que le contara en detalle sus sueños, lo que hizo con entusiasmo. Desde aquel encuentro inicial, el manuscrito consigna las visitas que cada día realizó el joven y la descripción de sus asombrosos sueños, en donde aparecían unas colosales edificaciones de piedra, húmedas y tenebrosas, y una voz o inteligencia subterránea que gritaba repetidamente algo imposible de describir claramente. Ambos sonidos, eran representados por las palabras "Cthulhu" y "R'lyeh".

El 23 de marzo, Wilcox enfermó por una fiebre desconocida y se trasladó a la casa de sus padres, ya que había comenzado a gritar en mitad de la noche, despertando a varios artistas que se alojaban en el mismo hotel. A partir de ese momento había pasado de la inconsciencia al delirio pleno. Mi tío llamó por teléfono inmediatamente a su familia y desde entonces siguió de cerca el caso, visitando al médico que lo atendía para ver como evolucionaba. Éste le contó que la mente enfebrecida de Wilcox era invadida

por imágenes muy raras, y el doctor, al recordarlas, sufrió escalofríos, ya que incluían una reiteración de los sueños anteriores, además de una criatura inmensa, de varios kilómetros de altura, que se desplazaba pesadamente. El muchacho jamás describía detalladamente lo que soñaba, pero sus incoherentes palabras persuadieron al profesor de que ése era el monstruo que había querido representar en el bajorrelieve.

El 2 de abril, la fiebre desapareció imprevistamente. Wilcox se sentó en su cama, asombrado de encontrarse en la casa paterna e ignorando por completo lo que había sucedido en sus sueños o en la realidad desde el pasado 22 de marzo. Como su médico afirmó que estaba curado, tres días después volvió a alojarse en su hotel, pero ya no fue útil para el profesor Angell. Una vez curado habían desaparecido sus extraños sueños.

Así terminaba la primera sección del manuscrito, pero sus numerosas anotaciones me llevaron a reflexionar sobre ciertas cuestiones. Desconfiaba de todo el asunto, que me parecía la obsesión de un viejo profesor. Las anotaciones señalaban que otras personas, durante igual período, habían soñado cosas semejantes a las padecidas por Wilcox. Mi tío se ocupó de entrevistarlas, siendo las respuestas más interesantes las de los que tenían alguna vocación artística. Entre el 28 de febrero y 2 de abril una gran número de estos últimos habían tenido sueños muy extraños, los que alcanzaron su mayor intensidad cuando tuvo lugar el delirio del escultor. Un buena cantidad se refería a escenas y sonidos parecidos a los narrados por Wilcox y algunos hasta confesaban el horror que habían sentido frente a un ser inmenso que no tenía nombre.

Un caso, que las anotaciones destacaban, era muy triste. Se trataba de un conocido arquitecto interesado por el ocultismo, que perdió la razón la noche que llevaron a wilcox a la casa paterna, y que murio algunos meses después gritando que lo salvaran de un ser escapado del nfierno.

Otro de aquellos casos describía un suicidio en Londres, en plena noche, cuando un hombre se había arrojado por a ventana luego de gritar de manera espantosa. Además, nformaciones provenientes de California contaban que una extraña secta había empezado a vestir ropas blancas en la supuesta víspera de "un extraordinario suceso" que no se concretó jamás. Y las ceremonias vudú se habían multiplicado en Haití.

2. El informe del inspector Legrasse

Sucesos anteriores, por los que mi pariente le dio tanta mportancia al sueño del escultor y al bajorrelieve, eran el tema principal de la segunda parte de aquel extenso manuscrito. En una ocasión, el profesor había visto los horrendos contornos del monstruo sin nombre y había oído unas sílabas de las que sólo la palabra "Cthulhu" podía entenderse. Esto había sucedido en circunstancias tan inquietantes que no resultaba extraño que acosara a Wilcox con sus preguntas. Nos tenemos que remontar a 1908, cuando la Sociedad Estadounidense de Arqueología realizaba su consejo anual. El profesor Angell había tenido un papel muy destacado en las deliberaciones, por lo que fueron muchos los colegas los que le hicieron consultas y preguntas. También se acercó a mi tío un tal John Raymond Legrasse, inspector de la policía de Nueva Orleáns, que le mostró una pequeña estatua de piedra, de aspecto repugnante y en apariencia muy antigua, cuyo origen quería averiguar.

El inspector Legrasse no era un aficionado a la arqueología, se interesaba en la escultura por motivos profesionales. Aquella cosa horrible, había sido obtenida varios meses antes en las ciénagas del sur de Nueva Orleáns, durante una expedición contra una supuesta práctica de rituales vudú. La policía había descubierto que se trataba de un culto diabólico. Los prisioneros que habían tomado nada habían aportado sobre el origen probable de tales prácticas y creencias, por lo que Legrasse se decidió a consultar a algunos expertos. No suponía que su solicitud fuera a producir una impresión de tales dimensiones.

La escultura –que los científicos estudiaron en detalle– tenía unos 25 centímetros de altura y estaba muy delicadamente tallada, siendo la representación de un monstruo con una cabeza como de pulpo, cuya cara era un remolino de tentáculos, además de poseer un cuerpo escamoso que sugería alguna elasticidad, dos pares de extremidades con grandes garras, y un par de alas largas y estrechas que surgían de la espalda. Este ser estaba sentado en algo así como un pedestal o un bloque rectangular, cubierto de signos desconocidos. Tal apariencia era aterradora y no se podía determinar su antigüedad.

El material del que estaba hecho era otro enigma. No se conocía algo semejante a aquella materia jabonosa, verdinegra, con estrías doradas. Algo en esa cosa sugería, de una manera horrible, antiquísimas y profanas eras, desconocidas por la humanidad.

Pero, uno de lo científicos asombró a sus colegas afirmando haber visto antes algo parecido. Casi cincuenta años antes, el profesor Webb había realizado una expedición a Groenlandia e Islandia buscando inscripciones rúnicas que hasta ese momento no había logrado hallar. En la costa oeste de Groenlandia se había topado con una tribu degenerada de esquimales, cuya religión, un culto diabólico, lo había impresionado por sus rituales sangrientos, que incluían sacrificios de seres humanos y unas invocaciones tradicionales dirigidas a un engendro demoníaco y supremo, el tornasuk. En sus ceremonias, veneraban a un ídolo, representado en un bajorrelieve de roca tallada, con una imagen espantosa. Al estudioso le parecía recordar que aquello –como mínimo, en lo referente a sus rasgos básicos– era muy semejante al ser espeluznante que habían llevado al congreso científico.

El inspector les acercó una copia de la invocación que había recitado uno de los celebrantes del ritual en el pantano, pidiéndole a Webb que intentara recordar las palabras que había escuchado en Groenlandia, descubriendo que ambas coincidían pero, ¿qué significaban? Legrasse aclaró el misterio, ya que varios prisioneros le habían revelado el significado de las palabras que pronunciaban: "En su casa de R'lyeh, el muerto Cthulhu aguarda soñando". También descubrió que veneraban a los "Grandes Antiguos", entidades muy anteriores a la humanidad, las que habían arribado al mundo hacia miles de años procedentes de las estrellas. Estas entidades se habían retirado al interior de la tierra y al fondo del océano, pero sus cuerpos inertes se comunicaron durante el sueño con el primer hombre, quien había creado un culto que jamás había terminado de desaparecer. La ceremonia que celebraban era parte de ese culto antiquísmo, que esperaba que el sumo sacerdote, Cthulhu, surgiera de su oscura morada de la ciudad submarina de R'lyeh para reinar nuevamente sobre la tierra. Regresaría cuando los planetas ocuparan una preestablecida posición, y el culto secreto seguiría allí, esperándolo. El ídolo de piedra representaba al gran sacerdote, Cthulhu.

El culto carecía de cualquier tipo de relación con la brujería europea y era conocido únicamente por sus practicantes. Ningún libro aludía a él, aunque los chinos decían que en el *Necronomicón*, obra del árabe loco Abdul Alhazred, había un sentido oculto que el iniciado en aquellos

tenebrosos misterios podía interpretar de muchos modos, y decía: "No está muerto aquel que es capaz de yacer eternamente, y durante épocas que son muy extrañas, hasta la muerte puede morir."

Legrasse le prestó por un tiempo el bajorrelieve al profesor Webb, pero cuando éste murió, lo recuperó y se encuentra desde entonces en su poder. Allí en su casa lo vi no hace mucho, y su visión resulta aterradora y sin lugar a dudas es muy semejante a la escultura que Wilcox creó en sueños.

No me asombró que mi tío se hubiese obsesionado con la narración de Wilcox. ¿Qué pudo pensar al conocer que un joven sensible no solamente había soñado con la figura y los jeroglíficos de las imágenes del pantano y de Groenlandia, sino que había oído en estado onírico tres de las palabras del cántico repetido por los oficiantes de Nueva Orleáns y los adoradores esquimales? Era inevitable que el profesor Angell iniciara enseguida una cuidadosa investigación.

Todo esto llevó a que me interesara muchísimo por el tema, Wilcox vivía todavía y decidí visitarlo. Cuando le dije quién era, mostró algo de interés, dado que recordaba a mi tío, aquel que había examinado sus extraños sueños. Confirmé enseguida que nada conocía sobre el culto.

El tema siguió fascinándome y hasta pensé que podría alcanzar fama investigando su origen y relaciones. Visité entonces Nueva Orleáns, me entrevisté con el inspector Legrasse y otros individuos que habían tomado parte en aquella expedición, examiné la escultura y llegué a interrogar a los prisioneros que aún estaban con vida.

Pero comencé a sospechar que la desaparición de mi tío no había sido por motivos naturales. Había caído y fue golpeado en la cabeza, luego de un descuidado empujón de un marinero... ¿No pudieron haber llegado a oídos inconvenientes las investigaciones realizadas por el profesor después de su reunión con aquel escultor? Hoy pienso que el profesor Angell murió porque conocía cosas que nadie debería saber y es muy posible que me espere algo parecido. Es que yo también sé demasiado.

3. locura y horror en el mar

Tal vez yo hubiese dejado de lado mis investigaciones sobre el "culto de Cthulhu", si no fuera porque leí un artículo en un periódico.

Estaba revisando ejemplares de archivo, amontonados desordenadamente en los estantes de una de las salas de un museo que solía frecuentar, cuando observé la ilustración de uno de los periódicos. La imagen era una fotografía en sepia de una horrorosa escultura de piedra, prácticamente idéntica a la que el inspector Legrasse había hallado en la ciénaga. Leí el artículo cuidadosamente y lamenté que fuera muy corto. Aquí lo transcribo, se titulaba "Misterioso barco a la deriva rescatado en alta mar":

"El buque Vigilant arribó remolcando a un yate neozelandés armado. Un muerto y un sobreviviente estaban a bordo. El marino que fue rescatado se niega a dar detalles de la misteriosa experiencia ni del ídolo extraño encontrado en su poder. Se iniciará una investigación.

"El 'Vigilant' dejó Valparaíso el 25 de marzo, y el 2 de abril se fue alejando de su curso previsto, rumbo al sur, por causa de las borrascas y de un extraordinario oleaje. El 12 de abril avistó un barco a la deriva. Aparentemente había sido abandonado, pero después se descubrió que transportaba un sobreviviente en estado de delirio, y el cadáver de otro marinero que había fallecido, por lo menos, una semana atrás.

"El sobreviviente apretaba todavía entre sus manos una piedra horrenda y de tipo desconocido, de unos 30 centímetros de alto, cuyo origen no se ha podido establecer. El hombre afirmaba haber descubierto el extraño objeto en la cabina del yate, en un pequeño altar rudimentario.

"El sujeto en cuestión, contó una historia de piratería y violencia muy extraña. Se trata de Gustaf Johansen, noruego, que era el segundo oficial de la goleta 'Emma' de Auckland, que partió para el puerto de El Callao, Perú, el 20 de febrero, con una tripulación de 20 marinos.

"El 'Emma', contó Johansen, se alejó de su curso por una gran tempestad, que lo llevó a encontrarse con el yate 'Alert' que era conducido por una tripulación de marineros que parecían recién salidos de una prisión. El capitán Collins no obedeció la orden de cambiar el rumbo, y la tripulación del yate sin aviso abrió fuego con sus cañones.

"Los marineros del 'Emma', resistieron con valor y pese a que la goleta comenzó a hundirse, pudieron aproximarse al enemigo y abordarlo, iniciándose el combate sobre cubierta. Dado que los tripulantes del yate luchaban con torpeza y crueldad, se vieron en la obligación de matarlos a todos.

"Tres de los hombres del 'Emma', incluido el capitán Collins y el primer oficial Gree, perdieron la vida; los ocho restantes, bajo el mando del segundo oficial Johansen, continuaron navegando en la dirección seguida originalmente por el yate, con el objetivo de descubrir por qué causa se les había ordenado cambiar de rumbo.

"Al día siguiente desembarcaron en un islote que no figuraba en ningún mapa. Seis de los tripulantes murieron allí, sin que Johansen aclarara los motivos. Reanudaron la navegación y el 2 de abril fueron sorprendidos por un gran temporal. Desde ese día hasta el 12 de ese mes, cuando fue rescatado por el 'Vigilant' Johansen no recuerda ningún detalle, ni siquiera cuándo murió el marino William Briden, cuyo cadáver fue encontrado en el barco.

"El 'Alert' tenía una pésima fama, pertenecía a un llamativo grupo de marineros cuyas incursiones nocturnas a los bosques de las costas llamaban mucho la atención.

"Nuestro corresponsal en Auckland afirma que el 'Emma' y su tripulación tenían buena reputación y que Johansen es un hombre digno de la mayor confianza.

"El almirantazgo dará comienzo a una investigación sobre este inquietante suceso."

Y eso era todo, pero suficiente para alterarme. ¿Qué razón había llevado a la tripulación a emprender el regreso del "Emma" cuando navegaban con su ídolo? ¿Cuál era La isla donde habían muerto media docena de marineros? Estas preguntas me obsesionaban, por lo que decidí viajar a Aukland, capital de Nueva Zelandia, donde pensé que podría encontrar al segundo oficial Johansen, que no dudaba que guardaba muchos secretos. Pero no puede encontrarlo allí. Entonces, me trasladé a Sydney, en Australia, para ver en un museo la imagen del ídolo que llevaban los marineros del "Alert". Pude examinarla con detenimiento y descubrí que estaba finamente labrada y que era muy antigua, como el modelo más pequeño que tenía el inspector Legrasse. En opinión de los expertos del museo, la escultura era un enigma horrendo.

Muy perturbado, averigüé que el segundo oficial Johansen había regresado a Oslo, capital de Noruega, y decidí visitarlo. Cuando llegué a su humilde casa, una mujer de rostro triste y vestida de negro, me dijo que había muerto. No había sobrevivido demasiado a su regreso, dado que su aventura marina de 1925 le había resentido la salud. Pero aquella mujer me comentó que el marino había dejado un extenso manuscrito, redactado en inglés para que ella no entendiera su contenido. La

causa de su fallecimiento me hizo recordar a la de mi
tío, había sido empujado por un marinero en los muelles,
golpeándose al caer la cabeza.

Sentí un extraño terror, pensando que yo también podía
tener un accidente fatal, sabía demasiadas cosas… De todas
formas le pedí a la viuda el manuscrito, que no dudó en
entregarme. Era un relato simple y muy desordenado, pero
lo esencial estaba muy claro.

Johansen, no comprendió mucho, a pesar de que vio
la ciudad y el monstruo, pero yo no podré volver a dormir
en paz recordando el espanto que aguarda emboscado del
otro lado de las cosas, en el tiempo y el espacio, y aquellas
infames entidades que llegaron de las estrellas y sueñan en
las honduras del océano, conocidas y veneradas por un culto
demoníaco que espera que regresen.

El "Emma" había zarpado de Auckland el 20 de
febrero, y sufrió la gran tempestad que arrancó de las
profundidades oceánicas el horror que inundó los sueños
de los hombres. El 22 de marzo se encontraron con el
"Alert" y todo se desarrolló como contaba el artículo del
periódico. Una vez en el yate capturado, Johansen y sus
hombres, impulsados por la curiosidad, siguieron viaje
hasta alcanzar a contemplar una elevada columna surgida
del mar. Se acercaron y dieron con una costa cenagosa
y una edificación monumental cubierta por las algas.
Aquello, que no podía ser otra cosa que la muerta ciudad
de R'lyeh, construida hace millones de años, antes de
que diera comienzo nuestra historia, por las inmensas y
espeluznantes criaturas que descendieron de las estrellas.
No sabían que allí yacía el gran Cthulhu y que descansan
sus compañeros, escondidos en unas verdes y húmedas
criptas desde donde envía, pensamientos que espantan
a los hombres y reclaman a los miembros del culto que
comiencen el viaje de la liberación y la restauración.

Creo que surgió de las aguas sólo la punta de la ciudad, coronada por un inmenso monumento, allí donde duerme el gran Cthulhu. Cuando intento imaginarme las dimensiones de cuanto puede ocultar el fondo del mar, me aterrorizo. Johansen describe una arquitectura de pesadilla, de otro mundo, con jeroglíficos e imágenes aterradoras que todo lo cubrían.

Los marinos bajaron a la playa de esa ciudad increíble y treparon, resbalando por los colosales y viscosos peldaños que ningún hombre había construido. Descubrieron un enorme portal de piedra tallada, donde hallaron el ya conocido bajorrelieve de la cabeza pulposa. Como lo hubiese afirmado Wilcox, la geometría del lugar era anormal. No se podía asegurar que el océano y el suelo estuvieran en posición horizontal, de manera que la posición relativa de todo lo demás parecía fantásticamente modificada. Obstinadamente, trataron de abrir el portal y, finalmente, con suavidad y muy despacio, la parte superior de la puerta comenzó a inclinarse hacia adentro. La piedra se desplazaba anormalmente, en forma diagonal.

La abertura mostró una tenebrosa oscuridad y finalmente surgió de esa cárcel milenaria algo semejante a una humareda que oscureció la luz solar, mientras se elevaba en dirección al cielo. El olor que llegaba de esos abismos recién abiertos era inaguantable, y también escucharon un sonido inmundo, como de chapoteo. De pronto, el engendro aquel se tornó visible, babeando y apretando su inmensidad verde y gelatinosa a través de la oscura abertura y salió a la luz.

De la media docena de hombres que jamás volvieron a la embarcación, dos de ellos murieron de terror en ese momento. El monstruo era imposible de describir, no hay palabras capaces de transmitir ese horror.

La entidad siniestra de los ídolos, el verde y pegajoso demonio venido de las estrellas desconocidas, había despertado. ¡Transcurridos miles de millones de años, el gran Cthulhu era nuevamente libre! Tres de los marinos fueron barridos por esas patas membranosas, otro resbaló y se golpeó fatalmente. Los otros tres corrieron frenéticamente para escapar del monstruo, dos lo lograron, uno de los cuales era Johansen. Llegaron hasta el "Alert" y zarparon mientras la colosal monstruosidad bajaba los peldaños de piedra resbaladiza y se detenía, vacilando, en la orilla del mar.

Las calderas habían permanecido en funcionamiento aunque todos habían descendido a tierra, y fueron necesarios apenas unos segundos para poner en marcha el "Alert". En la playa infame, sobre esas construcciones ajenas a este mundo, el inmenso monstruo emitía unos gritos inarticulados, para inmediatamente arrojarse al agua y comenzar la persecución con golpes que levantaron inmensas olas. El marinero que acompañaba a Johansen volvió la mirada y enloqueció. Murió pocos días después, mientras el segundo oficial vagaba delirando por la cubierta.

Pero Johansen, entendiendo que el monstruo alcanzaría con seguridad al barco y lo destrozaría, aceleró los motores sin importarle el riesgo de que explotaran, girando el timón para embestir esa montaña gelatinosa que se alzaba sobre la mugrienta espuma. La horrenda cabeza de pulpo, envuelta en tentáculos, llegaba casi hasta la proa, pero el valiente marino no retrocedió.

Hubo una explosión, parecida a la que tiene lugar cuando un globo se desinfla, derramándose un líquido inmundo de olor asqueroso. Por un momento, una nube verde, acre y cegadora envolvió el barco, y un hervor malvado quedó a popa, donde la derramada materia de

Cthulhu estaba recomponiéndose y recobrando su forma, mientras el "Alert" se alejaba más y más, cada vez a mayor velocidad.

Eso fue lo que sucedió. Desde entonces Johansen se resignó a meditar sombríamente sobre el ídolo del camarote y apenas preparó algunas comidas para él y su demente compañero, que reía locamente a carcajadas. No intentó dirigir el barco, no tenía fuerzas para hacerlo. Tras aquellas pesadillas, fue rescatado por el "Vigilant". No podía contar nada, porque lo creerían loco, y pensó que acaso lo estaba. Escribió todo antes del accidente que le produjo la muerte.

No creo que sobreviva demasiado, así como mi tío y el desgraciado Johansen han desaparecido, de igual manera lo haré yo, sé demasiado y el culto sigue activo.

Y Cthulhu todavía existe, supongo, en ese refugio de roca que utiliza como escondite desde que el sol era joven. Su ciudad infame se ha hundido nuevamente, lo sé porque el "Vigilant" navegó por ese sitio después del temporal sin encontrar nada. Cthulhu tuvo que haber sido atrapado por los abismos marinos, porque de otro modo el mundo gritaría actualmente de terror. Debe estar esperando a que llegue el día... ¡No puedo ni pensarlo!

Y ojalá que esto que escribo no sea jamás leído por nadie.

Sueños en la casa de la Bruja

Walter Gilman no sabía si fueron los sueños los que provocaron la fiebre, o si fue la fiebre la causante de los sueños. Sentía el horror de la antigua ciudad y del miserable cuarto en donde estudiaba cifras y fórmulas cuando no estaba dando vueltas en la cama. Cuando caía la noche, los rumores de la ciudad en tinieblas, el asqueroso ruido de las ratas paseándose por los rincones y el crujir de las tablas del piso de la centenaria casa lo llenaban de miedo.

Se encontraba en Arkham, una ciudad de Estados Unidos llena de leyendas, donde las brujas se ocultaron de los hombres de la corona inglesa en los tiempos coloniales. Y allí, no había lugar con más recuerdos macabros que el desván donde vivía Gilman, el mismo desván donde se había ocultado la hechicera Keziah Mason, luego de haberse escapado de prisión en 1692. Esa fuga era misteriosa, el carcelero había enloquecido, aterrorizado por algo peludo, pequeño y de blancos colmillos que había salido corriendo de la celda de Keziah. En las paredes habían encontrado curvas y ángulos dibujados con algún líquido rojo y pegajoso. Ojalá que Gilman no hubiera estudiado tanto sobre el tema, asociando sus conocimientos matemáticos con las fantásticas leyendas de la magia antigua. Es que algo había en el ambiente de la vieja ciudad que perturbaba su imaginación.

Los profesores de la Universidad donde estudiaba le habían recomendado que fuera más despacio y habían reducido sus estudios en varios puntos. Además, le habían prohibido consultar los tratados antiguos sobre secretos ocultos que se guardaban bajo llave en la biblioteca de la Universidad. Pero, a pesar de todo, Gilman se enteró de varios terribles datos del *Necronomicón*, el libro prohibido y maldito del árabe loco Abdul Alhazred. También accedió a los archivos donde figuraban numerosos datos sobre el proceso contra Keziah Mason y lo que esta mujer había admitido bajo la presión de los jueces. Keziah había comentado sobre líneas y curvas que podían trazarse para señalar direcciones a través de los muros del espacio, que podían utilizarse en ciertas reuniones de medianoche celebradas en el sombrío valle de la piedra blanca, situado más allá de la Loma del Prado, y en el islote desierto del río. También había hablado del Hombre Negro, del juramento que ella había realizado y de su nuevo nombre secreto, Nahab. Luego trazó aquellas figuras en la pared de su celda y desapareció. Gilman descubrió que la casa en la que había vivido la mujer todavía existía, después de más de doscientos treinta y cinco años. Cuando se enteró de los rumores acerca de la persistente presencia de Keziah en la antigua casa y en los estrechos callejones, de marcas irregulares, como de dientes humanos, observadas en ciertas partes de esa y de otras casas, de los gritos infantiles oídos en la víspera del Día de Todos los Santos, del olor asqueroso percibido en el ático del viejo edificio,

y de la cosa pequeña y peluda, de afilados dientes, que rondaba por la vieja casa y por la ciudad en las oscuras horas antes del amanecer; decidió vivir allí a toda costa.

Una habitación fue fácil de conseguir, ya que la casa era muy difícil de alquilar por los comentarios de que estaba embrujada. Sabía que deseaba estar en el edificio donde una mujer del siglo XVII, había accedido a las profundidades matemáticas más atrevidas y modernas. Sin embargo, nada le pasó a Gilman hasta que enfermó de fiebre. Ninguna Keziah fantasmal se paseó por los sombríos pasillos o las habitaciones, ninguna cosa pequeña y peluda se deslizó al interior de su cuarto. El joven sabía que allí habían ocurrido en otros tiempos cosas muy extrañas. No pudo evitar remar dos veces hasta el maldecido islote del río, donde realizó un croquis de los extraños ángulos descriptos por las hileras de piedras grises cubiertas de musgo, que allí se veían y cuyo origen era desconocido.

La habitación de Gilman era bastante grande pero de forma irregular; la pared del norte se inclinaba hacia el interior mientras que el techo, de escasa altura, bajaba suavemente en igual dirección. Además de un agujero con un nido de ratas y los rastros de otros ya tapados, no había ninguna entrada, aunque desde el exterior se veía una ventana que había sido tapiada en tiempos remotos. El desván situado encima del techo era de difícil acceso. Cuando Gilman subió con una escalera, entre las telarañas encontró vestigios de una abertura antigua herméticamente cerrada con antiguos tablones y asegurada con estacas de madera. Sin embargo, el casero, a pesar de sus muchos ruegos, se negó a permitirle investigar lo que había detrás de aquellos espacios cerrados.

A medida que transcurría el tiempo, aumentó su interés por la pared y el techo de su cuarto, y analizó los extraños ángulos de la construcción. La vieja hechicera podía haber tenido muy buenas razones para vivir en una habitación así, ¿no afirmaba haber traspasado los límites del mundo espacial conocido a través de algunos de ellos?

La fiebre y los sueños comenzaron un tiempo después. Los extraños ángulos de la habitación de Gilman tuvieron sobre él un raro efecto casi hipnótico, pasaba horas contemplando la esquina en donde el techo descendente se unía con la pared inclinada. No podía concentrarse en sus estudios y parecía que su oído se había agudizado, escuchaba cosas, sonidos que venían, tal vez, de regiones situadas más allá de la vida. En cuanto a ruidos concretos, los peores eran los de las ratas, no soportaba cuando roían la madera. Y sus sueños estaban más allá del límite de la cordura, pensaba demasiado en las vagas regiones que, según sus fórmulas, tenían que existir más allá de las tres dimensiones conocidas, y en la posibilidad de que la vieja Keziah Mason, guiada por alguna influencia imposible, hubiera encontrado la puerta de entrada a aquellas regiones.

Los antiguos legajos del juzgado que contenían el testimonio de aquella mujer y el de sus acusadores, indicaban cosas fuera del alcance de la experiencia humana, y las descripciones del frenético objeto peludo eran desagradablemente realistas, a pesar de sus detalles increíbles. Ese ser, de tamaño no mayor que el de una rata grande y que era llamado inexplicablemente "Brown Jenkin", parecía haber sido un notable caso de sugestión colectiva. Así, en 1692, doce personas atestiguaron haberlo visto. También rumores recientes afirmaban que tenía el pelo largo y forma de rata, pero que su cara era diabólicamente humana. Era, supuestamente, el mensajero de la vieja cuando ésta se comunicaba con el diablo y se alimentaba con la sangre de la hechicera que sorbía como un vampiro. Su voz era una especie de risita detestable y podía hablar todos los idiomas. Este ser era la peor pesadilla de Gilman, la que le provocaba una mayor repugnancia.

Las pesadillas consistían, generalmente, en soñar que caía en abismos infinitos en medio de confusos sonidos. Siempre experimentaba una sensación de movimiento, en parte voluntaria y en parte involuntaria. Su cuerpo desaparecía por una alteración de la perspectiva, pero percibía que sus facultades quedaban transmutadas de manera mágica y proyectadas oblicuamente. Los abismos no estaban vacíos, sino poblados por masas de materias orgánicas e inorgánicas. Algunos de los objetos orgánicos tendían a despertar vagos recuerdos dormidos, aunque no podía formarse una idea consciente de lo que sugerían. En los últimos sueños empezó a distinguir categorías independientes en las que los objetos parecían dividirse. De estas categorías, una le pareció que incluía objetos algo menos ilógicos y desatinados en sus movimientos que los pertenecientes a las demás. Todos los objetos, tanto los orgánicos como los inorgánicos, eran completamente indescriptibles. A veces Gilman comparaba los inorgánicos con prismas, con laberintos, con grupos de cubos y planos, y con edificios ciclópeos; y las cosas orgánicas le daban sensaciones diversas, de conjuntos de burbujas, de pulpos, de ciempiés, de ídolos indios vivos... Todo lo que veía era amenazador y terrible. Con el tiempo observó otro misterio: la tendencia de ciertos entes a aparecer repentinamente, procedentes del espacio vacío, o a desvanecerse con igual rapidez. La confusión de gritos y rugidos que retumbaba en los abismos desafiaba todo análisis, pero parecía estar sincronizada con vagos cambios visuales de todos los objetos indefinidos, tanto orgánicos como inorgánicos. Pero no era en esos momentos de locura total cuando veía a Brown Jenkin. Eso estaba reservado para ciertos sueños más ligeros y reales. Era cuando el horror parecía salir del agujero de las ratas en el rincón y avanzar hacia él, deslizándose por el suelo. Ese sueño siempre se desvanecía antes de que la aparición se acercara demasiado a él para acariciarlo con el hocico. Tenía los dientes largos, afilados y caninos.

En los meses siguientes, todo empeoró. En la pesadilla, Brown Jenkin comenzó a verse acompañado por una nebulosa sombra que fue pareciéndose cada vez más a una vieja encorvada. Este nuevo elemento lo trastornó más de lo que podía explicar, acaso porque era igual a una vieja con la que se había encontrado dos veces en el oscuro laberinto de calles de los muelles abandonados. En esas ocasiones, la mirada maligna de esa mujer, casi le había hecho estremecer, especialmente la primera vez, cuando una enorme rata le recordó a Brown Jenkin. Y pensó que aquellos temores nerviosos se estaban reflejando ahora en sus sueños alocados. No podía negar que la influencia de la antigua casa era muy mala, pero su obsesión le impedía irse de allí.

Se dijo que las fantasías nocturnas se debían únicamente a la fiebre, y que cuando ésta desapareciera estaría libre de las monstruosas visiones. Pero esto no impedía que cuando despertaba estaba seguro de haber hablado en sueños con Brown Jenkin y con la bruja, los cuales le habían ordenado que fuera a alguna parte con ellos, a encontrarse con un tercer ser más poderoso y... ¿más diabólico?

A pesar de todo esto, siguió estudiando y sus notas mejoraron, estaba adquiriendo una gran habilidad para resolver ecuaciones matemáticas. Lo que incluía nuevos conocimientos sobre la cuarta dimensión. Así, expuso ante sus compañeros y profesores la teoría de que un hombre con conocimientos matemáticos fuera del alcance

de la mente humana, podía pasar de la Tierra a otro cuerpo celeste, aunque éste se encontrara en los límites del universo. Para lograrlo, dijo, sólo serían necesarias dos etapas: primero, salir de la esfera tridimensional que conocemos y, segundo, regresar a la esfera de las tres dimensiones en otro punto, infinitamente lejano. Que esto se pudiera hacer sin perder la vida podía ser posible. Estas ideas extrañas lo alejaron de los otros estudiantes y crearon desconfianza en sus profesores, que lo creyeron una persona muy excéntrica y, acaso, algo trastornada. Además, comenzó a sufrir de sonambulismo, vagando por la antigua casa por las noches. Y seguía atacado por la fiebre.

El día anterior al primero de mayo, conocido como la Noche de Walpurgis, era –según los supersticiosos habitantes de la ciudad– cuando los espíritus infernales vagaban por la tierra y todos los esclavos de Satanás se congregaban para entregarse a ritos diabólicos. Siempre era una mala fecha en Arkham, cuando ocurrían cosas desagradables y desaparecían uno o dos niños.

En tanto, los sueños se iban haciendo cada vez más atroces. La vieja malvada se le aparecía claramente. La encorvada espalda, la nariz ganchuda y la barbilla llena de arrugas eran inconfundibles. Cuando despertaba podía recordar una voz cascada que persuadía y amenazaba. La bruja le ordenaba: tenía que conocer al Hombre Negro e ir con ellos hasta el trono de Azatoth, en el mismo centro del Caos esencial. Tendría que firmar en el libro de Azatoth con su propia sangre y adoptar un nuevo nombre secreto, ahora que sus investigaciones habían llegado tan lejos. Lo único que le impedía ir con ella, Brown Jenkin y el Hombre Negro al trono del Caos, era ese nombre "Azatoth", que recordaba haber leído en el *Necronomicón*, aquel terrible libro que enloquecía a quien lo leía.

La vieja se materializaba siempre cerca del rincón donde se unían la pared inclinada y el techo descendente. Cada noche se acercaba un poco más a su cama y era más visible antes de que el sueño se desvaneciera. También Brown Jenkin estaba un poco más cerca, y sus colmillos amarillentos relucían en la oscuridad.

En los sueños más profundos, todas las cosas eran también más visibles, y Gilman tenía la sensación de que los abismos en penumbra crepuscular que le rodeaban eran los de la cuarta dimensión. Los entes orgánicos eran, probablemente, proyecciones de formas vitales procedentes de nuestro propio planeta, incluidos los seres humanos. Lo que fueran los otros en su propia esfera, o esferas dimensionales, no se atrevía a pensarlo.

En la noche del 19 al 20 de abril sucedió algo nuevo. Gilman soñaba que estaba moviéndose en los abismos cuando percibió los ángulos que formaban los bordes de unos gigantescos grupos de prismas. Unos segundos después se hallaba de pie fuera del abismo en una rocosa ladera iluminada por una intensa luz de color verde. Estaba descalzo y en ropa de dormir, y cuando trató de andar encontró que apenas podía levantar los pies. Un torbellino de vapor ocultaba todo menos la pendiente inmediata y se estremeció al pensar en los sonidos que podían surgir de aquel vapor. Distinguió dos formas que se le acercaban arrastrándose con gran dificultad: la vieja y la pequeña cosa peluda que le señalaban que caminara en cierta dirección. Así lo hizo, pero antes de dar tres pasos se encontró nuevamente en los tenebrosos abismos. Cayó y, cuando el terror fue inimaginable, se despertó en su cama.

Pensó que tenía que consultar a un especialista de los nervios, tal vez sus sueños estuvieran relacionados con su sonambulismo. Cuando caminaba por una calle desolada para hacer la consulta, algo lo sobresaltó. Distinguió cerca suyo a la vieja cuyo siniestro aspecto tanto la había impresionado en sus pesadillas. Corrió para alejarse de la bruja y volvió a su casa.

Estuvo varias horas sentado, silencioso y enajenado, mientras su mirada se iba volviendo paulatinamente hacia el Oeste. A eso de las seis, volvió a salir movido por un impulso que no podía definir. Una hora más tarde la oscuridad lo encontró en los campos abiertos, fuera de la ciudad. El fuerte impulso de andar se estaba transformando en el anhelo de lanzarse místicamente al espacio, y entonces, repentinamente, supo de dónde procedía esa atracción: era del cielo. Un punto definido entre las estrellas ejercía dominio sobre él y lo llamaba. ¿Se estaba volviendo loco? Tuvo que esforzarse para volver a la antigua casa.

Fiebre... sueños insensatos..., sonambulismo..., ilusión de ruidos... atracción hacia un punto del cielo... Tenía que dejar de estudiar, ver a un psiquiatra y dominarse.

Aquella noche, mientras Gilman dormía, una luz violeta cayó sobre él con gran intensidad, y la bruja y el pequeño ser peludo se acercaron más que nunca a su cama, burlándose con agudos chillidos inhumanos y diabólicas muecas. Soñó que estaba tumbado en una alta azotea desde donde veía una infinita selva de exóticos e increíbles picos, superficies planas equilibradas, cúpulas, discos horizontales en equilibrio sobre pináculos e innumerables formas aun más descabelladas, unas de piedra, otras de metal, que relucían magníficamente en medio de la compuesta y casi cegadora luz que derramaba un cielo de todos los colores. Mirando hacia arriba vio tres discos prodigiosos de fuego, todos ellos de diferente color, situados a distinta altura por encima de un curvado horizonte, muy lejano, de bajas montañas. Detrás de él se elevaban filas de terrazas hasta donde alcanzaba la vista. Una ciudad se extendía a sus pies y Gilman deseó que ningún sonido brotara de ella. Cuando se levantó, las frías losas del piso le dieron una sensación de calor en los pies. Estaba completamente solo y lo primero que hizo fue acercarse a la baranda de la terraza para contemplar con vértigo la infinita ciudad que se extendía abajo. Al cabo de un rato se le nubló la vista, y hubiera caído al suelo de no haberse agarrado instintivamente a la baranda. No pudo ver a ningún habitante y, de pronto, sus oídos hipersensibles captaron algo a sus espaldas. Se dio vuelta y distinguió cinco figuras que se acercaban silenciosamente. Dos de ellas eran la vieja y el animal peludo y de afilados colmillos. Las otras tres fueron las que lo llevaron a la inconsciencia: eran unos monstruos de unos dos metros y medio de altura, que avanzaban valiéndose de las vibraciones de los brazos inferiores con forma de estrella de mar, que agitaban como una araña mueve las patas... Cuando se despertó, estaba empapado de sudor frío. Y sintió que tenía que dirigirse hacia el Norte, infinitamente al Norte.

Caminó arrastrado por una fuerza invisible en esa dirección y se alejó mucho de la ciudad. Tuvo que apelar a toda su voluntad para volver a la antigua casa. Una vez allí, tomó una taza de té para calmarse y se acostó. Escuchó el rumor de uñas y pasos de patas diminutas, pero se encontraba demasiado cansado para preocuparse.

Aquella misteriosa atracción hacia el Norte comenzaba de nuevo a ser fuerte, aunque ahora parecía proceder de un lugar del cielo mucho más cercano. Se durmió y vio la cegadora luz violeta del sueño. La vieja y el pequeño ser de afilados colmillos se presentaron de nuevo, con mayor claridad que en otras ocasiones. Esta vez llegaron hasta él y sintió que las secas garras de la bruja lo agarraban. Sintió también que lo sacaban violentamente de la cama y lo conducían al vacío espacio. De pronto, se encontró en un pequeño y descuidado recinto limitado por vigas y tablones que se elevaban para juntarse en un ángulo por encima de él, y formaban un curioso declive bajo sus pies. En el suelo había cajones achatados llenos de libros muy antiguos y en el centro había una mesa y un banco, al parecer sujetos al suelo. Encima de los cajones había una serie de pequeños objetos, de forma y uso desconocidos. A la izquierda, el suelo bajaba bruscamente, dejando un hueco negro y triangular del cual surgió el ser peludo de amarillentos colmillos y barbado rostro humano. La bruja, con una horrible mueca, todavía lo tenía agarrado, y al otro lado de la mesa estaba en pie una figura que Gilman no había visto nunca, un hombre alto y de piel negrísima, completamente desprovisto de pelo o barba, que vestía una túnica negra. No hablaba, ni había expresión alguna en su rostro. Únicamente señaló un libro de gran tamaño que estaba abierto sobre la mesa en tanto que la bruja le ponía en la mano derecha una inmensa pluma gris. Había un clima de miedo aterrador, aun más cuando el ser peludo trepó hasta el hombro de Gilman agarrándose a sus ropas, descendiendo por su brazo izquierdo y hundiéndole los sucios colmillos en la muñeca, justo por debajo del puño de la camisa. Cuando brotó la sangre, se desmayó. Se despertó al día siguiente con la muñeca izquierda dolorida y vio que el puño de la camisa estaba manchado de sangre seca. Sus recuerdos eran muy confusos, pero la escena del hombre negro en el espacio desconocido permanecía muy clara en su memoria. Supuso que las ratas lo habían mordido mientras dormía, provocando el desenlace del terrible sueño.

Mientras se bañaba y cambiaba de ropa, trató de recordar qué había soñado después de la escena que vio en el espacio iluminado de luz violeta, pero fracasó en el intento, no había olvidado una sensación de gran espanto, pero pensó que esto se debía a que había leído en el *Necronomicón* acerca de la insensata entidad, Azatoth, que impera sobre el tiempo y el espacio desde un negro trono en el centro del Caos. Cuando se lavó la sangre de la muñeca, comprobó que la herida era muy leve y sintió curiosidad por la posición de los dos diminutos pinchazos. ¿Había estado caminando dormido por la habitación y la rata lo había mordido mientras dormía? Sabía que caminaba dormido y debía curarse de ello. ¿Acaso se debía a la proximidad de la Noche de Walpurgis, tradicionalmente temida?

Los próximos días transcurrieron tranquilos y tampoco recordó sus sueños, si es que había soñado algo, pero no podía dejar de pensar que la tradición afirmaba la inutilidad de las barreras materiales para detener los movimientos de una bruja, y ¿quién puede decir qué hay en el fondo de las antiguas leyendas que hablan de viajes en una escoba a través de la noche? ¿Era posible que un simple estudiante como él pudiera adquirir poderes similares, tan sólo mediante investigaciones matemáticas? Resultaba imposible conjeturar si alguien había intentado conseguirlo. Las leyendas son vagas y ambiguas, y en épocas históricas todas las tentativas de cruzar espacios prohibidos parecen estar mezcladas con extrañas y terribles alianzas con seres y mensajeros del exterior. Existía la figura inmemorial del delegado o mensajero de poderes ocultos y terribles, el "Hombre Negro" de los aquelarres y el "Niarlathotep" del *Necronomicón*. Existía también el desconcertante problema de los mensajeros inferiores o intermediarios, esos seres híbridos que la leyenda nos presenta como familiares de las hechiceras.

Todas estas cuestiones atormentaban a Gilman y pronto todo volvió a empeorar. Volvió a escuchar en sueños rascar y mordisquear al otro lado de la pared, y le pareció que alguien trataba torpemente de abrir la puerta. Y entonces vio a la bruja y al pequeño ser peludo avanzando hacia él. El rostro de la hechicera estaba iluminado por un entusiasmo inhumano y el pequeño monstruo de colmillos amarillentos dejaba oír su apagada risita burlona. El miedo lo paralizó y le impidió gritar. Como en la otra ocasión, la horrenda bruja lo agarró por los hombros, lo sacó de la cama de un tirón y lo dejó flotando. De nuevo, una infinidad de abismos rugientes pasaron ante él como un rayo, pero al cabo de unos instantes le pareció encontrarse en un callejón oscuro y desconocido, con paredes de casas viejas y medio podridas. Delante de él estaba el Hombre Negro que ya había visto, en tanto que la hechicera, más cerca de él, le hacía señales y muecas urgentes para que se acercara. Brown Jenkin se estaba restregando contra los tobillos del Hombre Negro, ocultos en gran parte por el barro. A la derecha había una puerta abierta que el Hombre Negro señaló silenciosamente. La hechicera lo arrastró y subieron una escalera iluminada con una tenue luz violácea. Finalmente se detuvieron ante una puerta que la bruja abrió, indicando a Gilman que aguardara y desapareciendo en el interior. Segundos después, volvió y le entregó un bulto. Algo se agitaba en su interior y fue cuando escapó corriendo por el barro del callejón y perdió el sentido.

En la mañana del día 29 se despertó horrorizado. En el mismo instante en que abrió los ojos se dio cuenta de que algo horrible había ocurrido, ya que se encontraba en su habitación de paredes y techo inclinados, tendido sobre la cama deshecha. Le dolía el cuello inexplicablemente, y cuando con un gran esfuerzo se sentó en la cama, vio con espanto que tenía los pies y la parte baja del pijama manchados de barro seco. A pesar de lo nebuloso de sus recuerdos, supo que había estado andando dormido. También vio sobre el suelo pisadas y manchas de barro, que, curiosamente, no llegaban hasta la puerta. Cuanto más las miraba, más extrañas le parecían. El miedo a la locura lo atormentaba cuando se encaminó hasta la puerta tambaleándose y observó que al otro lado no había huellas. Cuanto más recordaba su horrible sueño, más terror sentía y más preguntas se hacía que no tenían respuesta. Comentarios de los vecinos afirmaban que en una fecha así ni siquiera durante el día se estaba seguro; después del amanecer se habían oído unos ruidos extraños, especialmente el grito agudo de un niño, rápidamente sofocado.

Gilman asistió a clase aquella mañana, pero le fue imposible concentrarse en los estudios. Se sentía poseído por un gran temor.

A mediodía, mientras almorzaba leyó en un periódico la noticia de que la noche anterior se había producido un extraño secuestro; un niño de dos años había desaparecido sin dejar rastro. La madre, al parecer, temía tal acontecimiento desde hacía algún tiempo, y dijo que había visto a Brown Jenkin rondando su casa de vez en cuando desde principios de marzo, y que sabía, por sus muecas y risas, que su pequeño estaba señalado para el sacrificio en el aquelarre de la Noche de Walpurgis. No pudo recurrir a la policía, porque no creían en tales cosas. Todos los años se llevaban a algún niño de esta forma, desde que ella podía recordar.

Pero lo que más impresionó a Gilman fueron las declaraciones de un par de trasnochadores que pasaron caminando por la entrada del callejón poco después de medianoche. Reconocieron que estaban bebidos, pero ambos aseguraron haber visto a tres personas vestidas de manera estrafalaria entrando en el callejón. Una de ellas, era un negro gigantesco envuelto en una túnica, la otra una vieja andrajosa y el tercero un muchacho blanco con su ropa de dormir. La vieja arrastraba al muchacho, y una rata mansa iba restregándose contra los tobillos del negro y hundiéndose en el barro de color oscuro.

Gilman regresó a su casa, dándose cuenta de que algo muy grave había ocurrido y lo estaba amenazando. Entre

los fantasmas de las pesadillas y las realidades de su vida, existía una monstruosa e inconcebible relación, y únicamente una cuidadosa vigilancia podría evitar acontecimientos todavía más horrorosos. Sabía que tenía que consultar a un psiquiatra, antes o después, pero no precisamente ahora cuando todos los periódicos se ocupaban del rapto. ¿Acaso era posible que hubiera salido del entorno terrestre, para llegar a lugares no adivinados e inimaginables? ¿En dónde había estado, si es que había estado en algún sitio, aquellas noches de sueños horrorosos? Se sucedían las imágenes en su mente afiebrada: la terraza abrasadora, la atracción de las estrellas, el negro torbellino final, el Hombre Negro, el callejón embarrado y la escalera, la vieja bruja y el horror peludo de afilados colmillos, la herida de la muñeca, los pies manchados de barro, las leyendas y temores de los supersticiosos..., ¿qué significaba todo aquello?

No durmió esa noche y al día siguiente tampoco fue a clase, dormitando durante horas. Era el 30 de abril, con el crepúsculo llegaría la diabólica hora del aquelarre tan temido, que sus vecinos comentaban en susurros que se haría en un oscuro barranco, donde se levantaba una antigua piedra blanca, en un paraje extrañamente desprovisto de toda vegetación. Algunos le habían dicho a la policía que buscaran allí al niño desaparecido, aunque no creían que se hiciera nada.

Decidió no dormir esa noche, para no tener que sufrir otro espantoso sueño. Permaneció sentado en su habitación de la vieja casa, aunque no pudo olvidar algunos pasajes tenebrosos del *Necronomicón* referidos a los rituales de los aquelarres, cuyos orígenes se remontaban a un tiempo y a un espacio ajenos a los nuestros. Temblando, se dio cuenta de que estaba tratando de escuchar los infernales cánticos de los celebrantes en el distante y tenebroso valle. ¿Cómo sabía él tanto acerca de la cuestión? Ya no era dueño de sí mismo. La hoguera ya estaría encendida y los danzarines dispuestos a iniciar el baile. ¿Cómo evitar ir hacia allí? Las matemáticas, las leyendas, la casa, la vieja bruja, Brown Jenkin... en eso pensaba cuando advirtió que había un agujero recién abierto por las ratas en la pared. Oyó el sonido de algo que escarbaba furtivamente pero con decisión, en la pared. Temió que fuera a fallar la luz eléctrica. Y entonces vio asomarse por el agujero la maldita cara de la hechicera y percibió el rumor de alguien que andaba en la puerta. Estallaron ante él los abismos oscuros y llenos de gritos, sabiendo que estaba cayendo. De pronto, todo se desvaneció en un segundo. Ahora estaba otra vez en un espacio angosto, bañado por una luz violácea, con el suelo inclinado, las cajas de libros, el banco y la mesa, y sobre ésta había una figura blanca y pequeña, la figura de un niño desnudo e inconsciente, y al otro lado estaba la monstruosa vieja de horrible expresión con un brillante cuchillo en la mano derecha y un cuenco de metal de color claro, de extrañas proporciones, curiosos dibujos cincelados y delicadas asas laterales, en la izquierda. Entonaba alguna especie de cántico ritual en una lengua que no pudo entender, pero que parecía algo citado en el *Necronomicón*. A medida que la escena se aclaraba, vio a la hechicera inclinarse hacia delante y extender el cuenco vacío a través de la mesa. Incapaz de dominar sus emociones, alargó los brazos, tomándolo con ambas manos. En el mismo momento, el repulsivo Brown Jenkin apareció, mientras la bruja le hacía señas a Gilman de que mantuviera el cuenco en determinada posición, mientras ella alzaba el enorme y grotesco cuchillo sobre la pequeña víctima. El ser peludo de afilados colmillos continuó el desconocido ritual riendo entre dientes, en tanto que la bruja mascullaba repulsivas respuestas. Sintió asco y que el cuenco de liviano metal le temblaba en las manos. Un segundo más tarde, el rápido descenso del cuchillo rompía el encantamiento y Gilman

dejaba caer el cuenco mientras intentaba detener el diabólico sacrificio. En un instante, le arrancó el cuchillo a la bruja pero, inmediatamente las garras asesinas de la hechicera se cerraran sobre su cuello, en tanto que la arrugada cara adquiría una expresión de enloquecida furia. Su fuerza era completamente sobrehumana, pero mientras ella trataba de estrangularlo, Gilman se abrió la camisa con esfuerzo y le mostró un crucifijo que llevaba colgado sobre el pecho. Al ver la cruz, la bruja pareció ser víctima del pánico y pudo zafarse de ella, atacándola de la misma manera, utilizando la cadena del crucifijo para tratar de estrangularla y poder así terminar con todo ese horror. Cuando ya se agotaba la resistencia de la hechicera, notó que algo lo mordía en el tobillo y vio que Brown Jenkin había acudido en defensa de su amiga. Con un salvaje puntapié alejó a aquel engendro y lo oyó quejarse desde el fondo de algún lugar lejano. No sabía si había matado a la bruja, pero la dejó sobre el suelo, en donde había caído y, al volverse, vio sobre la mesa algo que casi acabó con los últimos vestigios de su razón. Brown Jenkin, dotado de fuertes músculos y cuatro manos diminutas de demoníaca destreza, había estado ocupado mientras la bruja trataba de estrangularlo. Los esfuerzos de Gilman habían sido en vano, el peludo engendro había matado al niño y llenado el cuenco con su sangre inocente. Oyó el diabólico cántico del ritmo inhumano del aquelarre llegando desde una distancia infinita y supo que el Hombre Negro tenía que estar allí. Los confusos recuerdos se mezclaron con la matemática, y pensó que su inconsciente conocía los ángulos que necesitaba para guiarse y regresar al mundo normal, solo y sin ayuda, por primera vez.

Estuvo seguro de encontrarse en el desván, herméticamente cerrado desde tiempo inmemorial, que estaba encima de su habitación, pero le parecía muy dudoso escapar a través del suelo en declive o de la trampa cerrada hacía tantos años. Además, huir de un desván soñado, ¿no le conduciría sencillamente a una casa imaginada? Se encontraba completamente confundido con la relación sueño-realidad que había experimentado. El tránsito por aquellos vagos abismos sería terrible, ya que los cánticos de la Noche de Walpurgis estarían vibrando, y al final tendría que oír el latido cósmico que tanto temía y que hasta ahora había estado evitando. También se preguntó si podría fiarse de sus instintos para regresar a la parte del espacio que le correspondía.

¿Cómo podía estar seguro de no aterrizar en aquella ladera de luminosidad violácea de un planeta lejano, en la terraza sobre la ciudad de monstruos provistos de tentáculos, en algún lugar situado más allá de nuestra galaxia? Inmediatamente antes de lanzarse, se apagó la luz violeta y quedó en la más completa oscuridad. Esto podía significar que la bruja había muerto... o cualquier otra cosa.

Lo cierto es que encontraron a Gilman en el suelo de su habitación mucho antes de que amaneciera, ya que sus gritos hicieron acudir a sus vecinos. Estaba vivo, con los ojos abiertos y fijos, pero parecía medio inconsciente. Tenía en el cuello las señales dejadas por las manos asesinas, y una rata lo había mordido en el tobillo. Su ropa estaba muy arrugada y el crucifijo había desaparecido.

Un médico fue llamado de urgencia, el Dr. Malkowski, que le aplicó dos inyecciones que lo relajaron y le permitieron un sueño reparador. Cuando despertó, fueron muchos los que le aconsejaron que se fuera de esa casa que, evidentemente, lo alteraba y enfermaba. Pero no pudo evitar enterarse por el periódico de un informe de la policía sobre una extraña reunión cerca de la piedra blanca... No se había detenido a nadie, pero entre los fugitivos que huyeron se creyó ver a un negro enorme. En otra columna se decía que no se habían encontrado rastros del niño desaparecido.

El horror definitivo se instaló aquella misma noche. Nuevamente los alaridos de Gilman despertaron a los vecinos, que acudieron con el Dr. Malkowski, llamado otra vez de urgencia. Un grito se les escapó a todos cuando algo que parecía una rata de gran tamaño saltó de la ensangrentada cama y huyó por el suelo hasta un nuevo agujero, recién abierto en la pared. Walter Gilman estaba muerto. Le habían abierto el pecho y algo le había comido el corazón.

Nunca se volvió a alquilar la casa. Nadie quería saber algo de ella, tanto por su mala fama como por el pésimo olor que allí había. Los funcionarios de Sanidad descubrieron que el espantoso olor procedía de los espacios cerrados donde el número de ratas muertas debía ser enorme. Pero decidieron que no valía la pena abrir y desinfectar aquellos lugares tanto tiempo clausurados, ya que el hedor desaparecería pronto y el vecindario no era muy exigente. De hecho, siempre circularon rumores supersticiosos sobre la Casa de la Bruja.

Finalmente, la casa fue declarada inhabitable por las autoridades. Los sueños de Gilman y las circunstancias que los rodearon no han sido explicados nunca. No se ha vuelto a murmurar acerca de las apariciones de la vieja hechicera o de Brown Jenkin desde que el muchacho muriera.

En marzo de 1931, un gran vendaval arrancó el tejado y la gran chimenea de la Casa de la Bruja, entonces ya abandonada, y muchos ladrillos, tejas cubiertas de moho, tablones medio podridos y vigas se derrumbaron sobre el desván, atravesando el suelo. Todo el piso de la habitación de Gilman quedó cubierto de escombros, pero nadie se tomó la molestia de limpiar hasta que le llegó a la casa la hora de la demolición. Esto ocurrió en diciembre y, cuando se procedió a limpiar lo que había sido la habitación de Gilman y se encargó esta labor a unos obreros que se mostraron aprensivos y poco deseosos de hacerla, comenzaron de nuevo los rumores. Entre los escombros caídos a través del derrumbado techo inclinado, se descubrieron ciertas cosas que los llevaron a interrumpir su trabajo y a llamar a la policía. Ésta requirió, posteriormente, la presencia de un juez de primera instancia y de varios profesores de la Universidad. Había allí huesos triturados y astillados, pero fácilmente identificables como humanos, huesos cuya evidente edad no correspondía con la remota fecha en que tuvieron que ser introducidos en el desván del techo inclinado, cerrado desde muchísimo tiempo atrás a todo ser humano.

El médico forense dictaminó que algunos de los huesos correspondían a un niño pequeño, en tanto que otros pertenecían a una mujer más bien pequeña y de edad avanzada. El cuidadoso examen de los escombros permitió también encontrar gran cantidad de huesos de ratas atrapadas en el derrumbamiento y otros huesos más antiguos, roídos de tal modo por unos pequeños colmillos que fueron y son aún motivo de controversia. Se hallaron también trozos de libros y papeles, y un polvo amarillento consecuencia de la total desintegración de volúmenes y documentos muy antiguos. Todos los libros y papeles eran de magia negra en sus formas más avanzadas y espantosas, y la fecha evidentemente reciente de algunos de ellos sigue siendo un misterio tan inexplicable como la presencia allí de huesos humanos.

Un misterio todavía mayor es la absoluta homogeneidad de la complicada y arcaica caligrafía encontrada en una gran diversidad de papeles, cuyo estado hace pensar en diferencias temporales de, por lo menos, ciento cincuenta o doscientos años. Para algunos, el mayor misterio de todos es la variedad de objetos, completamente inexplicables, encontrados entre los escombros en diversos estados de conservación y deterioro, cuya forma, materiales, manufactura y finalidad no ha sido posible explicar. Uno de los objetos que interesó profundamente a varios profesores de la Universidad, es una reproducción muy estropeada y parecida a la extraña imagen que Gilman donó al museo del centro, excepto que es de gran tamaño, está tallada en una rara piedra azul en lugar de ser de metal, y tiene un pedestal de insólitos ángulos con jeroglíficos indescifrables. Los arqueólogos y los antropólogos todavía están tratando de explicar los raros dibujos grabados sobre un cuenco aplastado, de metal ligero, cuya parte interior mostraba unas sospechosas manchas de color oscuro, y de un moderno crucifijo con la cadena rota hallado entre los escombros. Cuando se derribó la pared inclinada de la habitación de Gilman fue encontrado un horrible depósito de materiales de mayor antigüedad que dejó a los obreros paralizados de espanto. En pocas palabras, el suelo era un verdadero osario de huesos infantiles, algunos bastante recientes, mientras que otros eran de épocas remotas. Sobre esa profunda capa de huesos descansaba un gran cuchillo muy antiguo. Y en medio de esos desechos, había un objeto destinado a provocar en Arkham aun mayor asombro. Era el esqueleto, parcialmente aplastado, de una enorme rata cuyas anomalías anatómicas todavía son tema de discusión entre los miembros del departamento de medicina de la Universidad. Es muy poco lo que ha trascendido acerca de ese esqueleto, pero los obreros que lo descubrieron susurran acerca de los huesos de las diminutas patas, del pequeño cráneo con sus afilados colmillos de color amarillo.

Los obreros se santiguaron aterrados cuando encontraron estos espeluznantes restos y luego encendieron velas de agradecimiento en la iglesia, porque pensaron que usa risita aguda y fantasmal ya nunca se volvería a oír.

El extraño

Qué desdichado es quien recordando su infancia sólo siente miedo y tristeza. Qué desdichado es quien recuerda sus horas solitarias.

Es por eso que soy un hombre triste, frustrado, arruinado.

No sé en qué lugar nací, excepto que era un castillo horrendo, con pasillos tenebrosos y muy húmedos, y que por todas partes se percibía un olor maldito, como el que podría desprenderse de un montón de cadáveres. Allí había luz, por eso me acostumbré a encender velas y a quedarme mirándolas fijamente, intentado así encontrar algún consuelo.

En el exterior del castillo tampoco brillaba el sol, ya que unas gigantescas arboledas se elevaban sobre la torre más elevada. Una sola de ellas, de color negro, superaba la altura de los árboles, pero se encontraba prácticamente en ruinas, solamente se podía subir a ella por un escarpado muro imposible de escalar.

Debo haber vivido varios años allí, pero no tengo manera de saber cuántos. No recuerdo que nadie me acompañara, excepto ratas, murciélagos y arañas. No me causaban miedo los esqueletos desparramados por las criptas cavadas en los cimientos de aquel castillo. Mi imaginación los asociaba con las cosas de todos los días y eran más reales que las coloridas figuras de seres vivientes que contemplaba en algunos libros estropeados, de los que aprendí cuanto sé.

Mi aspecto no me preocupaba para nada, no había espejos en ninguna de la habitaciones y me limitaba a identificarme con las figuras juveniles que encontraba en algunas páginas de los libros.

En el exterior, bajo los árboles oscuros y lúgubres, pasaba mucho tiempo soñando sobre lo que había leído, quería estar entre personas alegres, en el mundo soleado más allá del bosque sin final.

Una vez intenté escapar, pero me inundó un miedo espantoso ante lo desconocido, así que regresé al castillo. Pero llegó el día en que no soporté más vivir entre tinieblas y tomé la decisión de subir a la torre, aunque pudiera caer al intentarlo. ¡Prefería ver un instante el cielo aunque eso implicara mi muerte! Subí por los arruinados escalones de piedra hasta el nivel donde terminaban, mientras escuchaba el asqueroso aletear de los murciélagos asustados. Me preguntaba por qué no salía de la oscuridad, buscando alguna ventana para espiar a través de ella, y así saber a qué altura estaba.

Imprevistamente, percibí que algo sólido rozaba mi cabeza. Comprendí que debía haber llegado a algún piso superior. Levanté una mano y en las oscuridad tanteé un obstáculo: era de piedra y no podía moverlo. Pero, tanteando siempre, encontré un punto donde el techo cedía y pude seguir subiendo, empujando esa losa o puerta con la cabeza, y utilizando ambas manos para tratar de adivinar qué había adelante. Una vez arriba, no surgió ninguna luz pero llegué a una gran habitación, donde la escalera terminaba, ¡era el último piso!

Estaba a una altura increíble, muy por encima de las malditas copas de los árboles. Tanteando la pared busqué alguna ventana para ver a través de ella el cielo, donde esperaba distinguir la luna y las estrellas, ya que calculé que sería de noche.

De pronto, mis manos tocaron el marco de una puerta, del que colgaba una placa de piedra, cubierta con raras incisiones. La puerta estaba cerrada, pero con mucho esfuerzo la abrí hacia adentro. No pude creer lo que había descubierto: a través de una verja de hierro y en el extremo de una escalinata que subía desde la puerta, brillaba la luna llena con todo su esplendor.

Convencido de que había llegado a la cima del castillo, subí velozmente los escasos escalones que me distanciaban de la verja... pero una nube cubrió la luna y tropecé. En la oscuridad debí avanzar más lentamente, cuando alcancé la verja vi que estaba abierta, pero no quise trasponerla por miedo a caer desde la altura que había alcanzado. Luego, la luna volvió a mostrarse y me llevé una gran sorpresa, en vez de una formidable perspectiva de arboledas vistas desde una gran altura, se extendía alrededor y al mismo nivel de la verja la tierra firme, dividida en secciones por baldosones de mármol y columnas, y al fondo una antigua iglesia de piedra, que brillaba fantásticamente bajo los rayos lunares.

Abrí la verja y avancé por el sendero que se extendía en dos direcciones. Por más aturdido que estuviera, quería llegar a la luz. Caminé y caminé y hasta tuve que nadar para cruzar un río. Pasó un buen par de horas hasta que llegué a lo que suponía que era mi objetivo: un castillo tapado por la hiedra, ubicado sobre un paraje de densos bosques que me resultaba asombrosamente familiar. Pero observé

que algunas torres, que bien conocía, estaban destruidas, mientras que otras nuevas se alzaban confundiéndome.

Pero lo que más me asombró fueron las ventanas abiertas, plenas de claridad y de desde donde escuchaba voces. Me acerqué y miré al interior, observando un grupo de gente extrañamente vestida, que se divertía animadamente. Nunca antes había oído la voz humana, así que apenas podía comprender lo que decían. Algunos rostros me trajeron recuerdos de algo muy lejano, otros eran desconocidos por completo.

Salté entonces por la ventana y entré en la estancia aquella, tan iluminada. Para mi asombro, cuando los presentes me vieron dieron muestras del más absoluto terror, tapándose los rostros y emitiendo chillidos. Todos huyeron y entre los alaridos y el pánico fueron varios los que perdieron el conocimiento, pisoteados y empujados por los demás.

Quedé solo y aturdido escuchando los ecos de horrendos aullidos y comencé a temblar pensando en qué podía ser aquello que había asustado a todos. ¿Acechaba en la habitación sin que yo pudiera percibirlo?

Recorrí otros salones y cuando abrí la puerta de uno de ellos vi al monstruo que, seguramente, había espantado a todos. Ni siquiera soy capaz de describir a qué era parecido: se trataba de un compendio de todo lo aborrecible, la podrida imagen de lo maligno. No pertenecía a nuestro mundo, pero observé un remoto parecido con un ser humano. Extendí mis manos hacia adelante porque, a pesar de todo, algo me obligó a tratar de tocar esa cosa...

Como si estuviera entre sueños, salí de ese castillo espectral, corriendo bajo la luz de la luna. Ahora sabía la verdad, comprendí que soy algo extraño para este siglo y para todos aquellos que todavía son hombres. Y lo supe a partir de que había intentado tocar al monstruo, que me miraba desde el interior de un marco dorado.

Porque lo que toqué fue la fría superficie de un espejo.

El pantano de la luna

Denys Barry ha desaparecido en alguna parte, en algún lugar horrendo y lejano. Yo estaba con él la última noche que pasó entre los hombres, y oí sus alaridos cuando aquello lo atacó. Sin embargo, la policía no pudo dar con él ni con los demás, a pesar de que los buscaron durante bastante tiempo.

Me había hecho amigo de Denys Barry en Estados Unidos, donde él hizo fortuna, y lo felicité cuando recuperó el antiguo castillo cerca del pantano, en Kilderry. De allí era su padre, allí era donde deseaba disfrutar su riqueza, en esa comarca de sus antepasados, quienes habían construido aquel castillo en tiempos remotos. Durante generaciones esa construcción había estado vacía y en ruinas.

Cuando regresó de Irlanda, Barry me escribía muy seguido contándome cómo reconstruía el castillo. Al principio, los lugareños estaban felices pero luego surgieron problemas y lo eludieron como si él fuera una maldición. Fue cuando me envió una carta pidiéndome que lo visitara, ya que se había quedado solo en el castillo, sin nadie además de los nuevos sirvientes y empleados que había contratado.

La causa de los problemas era el pantano, me dijo Barry la noche en que llegué de Irlanda y nos vimos en el castillo. Los campesinos habían dejado Kilderry porque él había decidido mandar a secar el pantano. Los mitos y supersticiones de Kilderry no lo preocupaban, así que no le dio importancia cuando los lugareños no quisieron ayudarle y posteriormente lo maldijeron y se fueron. Barry contrató peones de otra zona para la tarea. Cuando los sirvientes también se marcharon, también los reemplazó. Estaba entre gente extraña y fue por eso que me pidió que lo visitara.

Coincidí con mi amigo en que era disparatada la superstición acerca del pantano, que incluía la presencia de un horrendo espíritu guardián de las ruinas antiguas del islote que se divisaba en medio de las aguas cenagosas. Pero, por sobre todas esas absurdas fantasías, la más popular era la que decía que la maldición caería sobre aquel que se atreviera a cambiar algo del enorme pantano...

De todas formas, Barry estaba decidido a explorarlo apenas se convirtiera en terreno seco. Había visitado varias veces las ruinas del islote, ahora que estaban por iniciarse las obras de secado del área.

Esa noche, cuando nos volvimos a ver, hablamos hasta muy tarde. Luego, un sirviente me guió hasta un cuarto en una torre alejada. Desde allí se veían la aldea y la pradera situada junto al pantano. Bajo la luz de la luna alcancé a observar desde la ventana las chozas de los labriegos, que eran ocupadas ahora por los nuevos obreros. También vislumbré la iglesia parroquial y más lejos, en el pantano, las ruinas resplandeciendo, blancas y fantasmales del islote. Cuando me estaba acostando me pareció escuchar algunos sonidos extraños y casi musicales, pero a la mañana siguiente creí que había sido un sueño, las visiones que tuve eran más asombrosas que cualquier sonido escuchado durante la noche. Seguramente influenciado por lo que me había contado Barry, había divagado en sueños alrededor de una increíble ciudadela, ubicada en un valle verde, con calles y monumentos de mármol, villas y templos, frisos e inscripciones que evocaban la gloria griega.

Cuando le conté aquel sueño a Barry, ambos nos reímos, pero me dijo que los nuevos obreros se quejaban porque no podían dormir bien por las noches.

El segundo día, recorrí la aldea, y conversé con algunos de los cansados operarios, que se sentían intranquilos por sueños que no podían recordar, aunque lo intentaran. Les hablé del mío, mencionándoles los raros sonidos que me había parecido oír, y me asombré cuando aseguraron que ellos también creían recordar algo parecido.

Esa noche Barry me comentó que comenzaría el drenaje del pantano dos días después. Dormí mal y volví a soñar con la ciudad del valle, más precisamente con un gigantesco alud que la arrasaba y dejaba en pie únicamente el templo griego.

Me desperté súbitamente y alterado, durante un segundo no supe dónde estaba, pero el brillo de la luna que entraba por la ventana me hizo comprender que estaba despierto, en el castillo de Kilderry. Fue entonces cuando escuché un reloj que daba las dos de la mañana, y entendí plenamente que estaba despierto. Pero todavía escuchaba sonidos extraños, salvajes. Me levanté y observé la silenciosa aldea y la planicie vecina al pantano. ¿Cómo podía sospechar lo que estaba por ver?

A la luz de la luna tenía lugar algo que ningún ser humano podría olvidar jamás. Al ritmo de las flautas de caña, se deslizaba silenciosamente una muchedumbre de oscilantes figuras, ejecutando un baile circular. Los incansables y mecánicos bailarines eran los obreros que suponía dormidos, en tanto que la otra mitad eran unos extraños seres blancos que, de alguna manera, sabía que eran de las aguas pantanosas. No sé cuánto tiempo permanecí mirando desde la ventana, antes de desmayarme. Me desperté cuando ya brillaba el sol de la mañana.

Mi primera intención fue contarle a Barry lo que había pasado, pero a la luz del día todo lo que había visto parecía irreal. Sé que tengo inclinación a elaborar extrañas fantasías, aunque no las doy por ciertas, por eso me limité a interrogar a los trabajadores. Ellos habían seguido durmiendo hasta muy tarde y no recordaban nada de la noche anterior, excepto borrosos sueños de extraños sonidos. El asunto de las flautas fantasmales me preocupaba, no quería volver a escucharlas. Pensé en hablar con mi amigo, pero no me animé, convencido de que se burlaría de mí.

Llegó una nueva noche y nunca sabré si los sucesos que allí sucedieron fueron reales o una ilusión, soy consciente de que es imposible dar una explicación racional a lo que pasó.

Me acosté temprano y asustado. No pude dormir, la luna casi estaba en fase de nueva, aunque no saldría hasta llegada la madrugada. Pensé en Barry y en lo que podría tener lugar en el pantano cuando llegara el amanecer. Sentía el impulso de correr en las tinieblas, tomar el carruaje de mi amigo y conducir como un loco más allá de aquellas tierras maldecidas.

A pesar de todo, me dormí y volví a soñar con la ciudad del valle, fría y muerta bajo una mortaja de sombras espeluznantes.

Creo que fue el agudo sonido de las flautas lo que me despertó. Por la ventana penetraba una luz, pero no era la de la luna, sino que tenía un tono rojo e iluminaba toda la habitación. En lugar de observar hacia el pantano, para saber de dónde provenía aquella extraña iluminación, me aparté de la ventana y me vestí desprolijamente, ¡sólo quería escapar de allí!

La fascinación producida por aquella luz roja se impuso sobre el miedo que sentía y fui arrastrándome hacia la ventana opuesta, en tanto el demencial sonido de las flautas seguía atravesando el castillo y la aldea. Una luz ardiente, roja, siniestra, brillaba sobre el pantano, surgiendo de las antiguas ruinas del islote. No puedo describir el aspecto de esas ruinas, ¿estaría loco?, me parecía que las construcciones del islote se elevaban intactas, con todo su esplendor. Las flautas chillaban y los tambores resonaban. Mientras observaba, me pareció ver unas negras figuras saltando en medio de las construcciones. Volví mi vista hacia la otra ventana, que daba a la aldea y a la planicie al costado del pantano, y el horror me paralizó: ¡por la planicie fantasmalmente iluminada de rojo venía una procesión de criaturas salidas de una pesadilla!

A medias resbalando, a medias flotando, los espectros del pantano, vestidos de blanco, se retiraban hacia las aguas serenas y las ruinas del islote, danzando en una ceremonia inexplicable. Con sus extremidades semitransparentes, les indicaban a los obreros que los siguieran sumisamente, lo que éstos hacían con pasos tambaleantes y desprovistos de toda voluntad, impulsados por una determinación diabólica.

También distinguí a otro grupo que seguía a los espectros, eran los sirvientes venidos del norte. ¡Y las flautas seguían sonando horriblemente, al igual que unos tambores que procedían de las ruinas del islote!

Fue en ese momento que los espectros llegaron hasta las aguas y se fundieron uno tras otro con el pantano, mientras que sus seguidores chapoteaban tras ellos para terminar desapareciendo en un remolino. Cuando desapareció el último, las flautas y los tambores no se escucharon más y los enceguecedores rayos rojizos de las ruinas se apagaron.

No sabía si había perdido la razón, si estaba dormido o despierto. Sentía que había presenciado la muerte de una aldea completa y sabía que estaba a solas en el castillo con Denys Barry, el inconsciente que había causado aquella maldición. Me atacaron nuevos miedos y me desplomé, totalmente agotado. Sentí el viento frío que venía desde la ventana por donde se había elevado la luna, y comencé a escuchar unos alaridos en el castillo, que llegaban de la planta baja. Eran de alguien que yo conocí como mi amigo.

En determinado momento, el viento frío y los alaridos me obligaron a salir corriendo de la habitación y atravesé los pasillos oscuros del castillo para escapar de allí.

Me encontraron vagando al amanecer, estaba trastornado por los horrores vistos y oídos antes. Me dijeron que murmuraba acerca de unos incidentes durante mi escape, sucesos casi insignificantes, pero que me angustian cuando estoy solo, o en lugares pantanosos, o bajo la luz lunar.

Es que cuando escapaba de ese castillo, escuché otro sonido que llegaba del pantano, de las aguas estancadas, despobladas de vida animal. Eran inmensas ranas viscosas que croaban sin pausa. Eran seres fantasmales que relucían, verdes e hinchados bajo la luz de la luna. Parecían contemplarla fijamente. Yo seguí la mirada de una de aquellas ranas, y vi algo que me hizo perder la razón.

La pálida luz lunar que no se reflejaba en las aguas pantanosas, me permitió vislumbrar una sombra difusa que se retorcía como si la arrastraran unos monstruos invisibles. ¡Y reconocí en la fantasmal sombra una caricatura horrorosa e increíble, una imagen asquerosa del que fuera mi amigo, Denys Barry!

Índice

OTROS TÍTULOS
DE NUESTRO SELLO EDITORIAL

Julio Verne
Viaje al centro de la Tierra
Adaptación: Lito Ferrán
Ilustraciones: Gabriel San Martín

Cuentos de piratas para niños y niñas
Florencia Stamponi, Victoria Rigiroli
Ilustraciones: Martina Matteucci

Edgar Allan Poe
Cuentos de terror contados para niños
Adaptación: Lito Ferrán
Ilustraciones: Gabriel San Martín

Las aventuras de Sherlock Holmes para niños
Arthur Conan Doyle
Adaptación: Lito Ferran
Ilustraciones: Ignacio Bustos

Cuentos policiales para niños
Victoria Rigiroli, Ezequiel Dellutri,
Martín Sancia, Diego Meret
Ilustraciones: Gabriel San Martín

Las aventuras de Don Quijote de la Mancha para niños
Miguel de Cervantes Saavedra
Adaptación: Enzo Maqueira
Ilustraciones: Gabriel San Martín

La Ilíada contada para niños
Adaptación: Victoria Rigiroli
Ilustraciones: Fernando Martínez Ruppel

La Odisea contada para niños
Adaptación: Victoria Rigiroli
Ilustraciones: Fernando Martínez Ruppel

Cuentos de ciencia ficción para niños
Enzo Maqueira, Victoria Rigiroli & Florencia Stamponi
Ilustraciones: Fernando Martínez Ruppel

www.edicioneslea.com